ODE

A

S. M. VICTOR EMMANUEL II

A SA MAJESTÉ

VICTOR EMMANUEL II

ROI DE SARDAIGNE, ETC.

ODE

PAR JOSEPH GUÉRIN

PARIS

IMPRIMERIE DE J. CLAYE

RUE SAINT-BENOIT, 7

—

1859

VICTOR EMMANUEL II

Sire,

Ne serait-ce pas un excès de témérité qui m'a porté à vous faire hommage des vers que m'ont inspirés ma respectueuse admiration pour la personne de Votre Majesté, ma profonde sympathie pour la valeureuse nation qu'elle gouverne, et mon enthousiasme pour la cause de l'indépendance italienne?

Mais ne puis-je invoquer les priviléges accordés aux poëtes, bien que j'ose à peine prendre ce nom? Leur voix se fait entendre au milieu de tous les grands événements; ils en transmettent la mémoire à la postérité; souvent même ils les ont préparés en allumant dans les cœurs le courage de les accomplir. Que de fois l'œuvre de la lyre a précédé celle de l'épée, et l'hymme du poëte est devenu le prélude d'un bulletin de victoire !

Quelle âme demeure froide devant les malheurs de l'Italie et ne désire qu'ils touchent bientôt à leur terme? Quand on se demande de quel côté viendra le secours, par qui cette malheureuse contrée sera délivrée de l'oppression, on entrevoit tout de suite le rôle qui attend la maison de Savoie. Sans son intervention prépondérante, l'indépendance de l'Italie est une chimère dangereuse qui n'enfantera jamais que des tentatives hasardeuses et désespérées.

SIRE, l'avenir de l'Italie repose dans vos mains. Quelle gloire Dieu a réservée aux rois de la maison de Savoie, quand il les a désignés comme les libérateurs d'un grand peuple et les fondateurs d'un nouvel empire! Le roi Charles-Albert avait compris les vues de la Providence; il s'était jeté résolûment dans la route qu'elle ouvrait devant lui. Son successeur sur le trône, vous êtes devenu le continuateur de sa généreuse politique. Il a commencé l'entreprise; les signes du temps annoncent que VOTRE MAJESTÉ l'achèvera.

SIRE, le dénoûment approche. Le spectacle d'un gouvernement libre, où les lois sont obéies, où un sage progrès féconde sans interruption l'activité nationale, où un roi possède la confiance et l'amour de son peuple, fortifie tous les jours dans le cœur des Italiens le désir d'appartenir à votre couronne. C'est la conquête pacifique devançant la conquéte par les armes. Votre Majesté est aujourd'hui secondée par un ministre dont l'Europe admire la haute sagesse, et quand elle voudra mettre le sceau à sa mission, elle aura à ses côtés sur les champs de bataille un capitaine des plus renommés.

La France, Sire, vous accompagne de ses vœux. Elle suit d'un œil attentif les progrès de votre politique, et ses applaudissements en salueront le triomphe.

Il serait téméraire de vouloir pénétrer ici la pensée de l'homme providentiel qui règle les destinées de notre patrie; mais ne semble-t-elle pas se révéler dans les fréquents témoignages de sympathie qu'il a donnés à l'Italie, et dans l'étroite amitié qui l'unit à Votre Majesté? Si donc, pour consolider l'œuvre que Votre Majesté aurait accomplie, une nouvelle alliance entre les deux peuples était nécessaire, nous la verrions se former et devenir pour eux aussi glorieuse que sous les murs de Sébastopol.

Je suis, Sire, avec le plus profond respect,

de Votre Majesté,

le très-humble et très-obéissant serviteur.

J. GUÉRIN

ODE

I

ODE

A

S. M. VICTOR EMMANUEL II

———————— ◦❀◉❦◦ ————————

I

Pareil à cet oiseau superbe et solitaire
Qui, hardi voyageur, en planant sur la terre,
Mesure d'un coup d'œil les monts et les cités,
Et qui parfois s'arrête, en sa course lointaine,
Sur un sommet altier, noble et libre domaine
        Où règnent les vents irrités ;

Aux profondeurs du ciel s'élance le poëte.

'Sur ses ailes de flamme il brave la tempête ;

Il prend possession de ce vaste univers :

Son vol audacieux dédaigne ces barrières

Dont la haine a formé les étroites frontières

　　　Des peuples, des états divers.

Son regard assuré se plonge dans l'espace.

Devant Lui tour à tour apparaît et s'efface,

Comme le flot mouvant d'un fleuve impétueux :

La cité florissante aux bords des mers assise ;

Le clocher élancé de la gothique église ;

　　　Des rois le palais fastueux ;

D'un théâtre écroulé le superbe portique ;

Au milieu des déserts une ruine antique,

Attestant la grandeur des temps évanouis ;

Le volcan sur la terre amoncelant ses laves,

Ou quelque champ fameux qui vit tomber des braves

　　　Dans leur triomphe ensevelis !

Il voit se dérouler ce spectacle sublime

Que le souffle divin incessamment anime,

Mais de l'immensité ne fuit point les hauteurs.

Il attend qu'un éclair l'illumine et l'inspire,

Qu'il sente frissonner les cordes de sa lyre

  Et dans ses yeux courir des pleurs !

Et quand il aperçoit, sur la face du monde,

Un peuple déployant sa puissance féconde

Sous la protection d'une équitable loi,

Un roi qui de son peuple est devenu le père,

Le poëte inspiré redescend sur la terre

  Pour chanter ce peuple et ce roi !

II

II

Illustre nation, l'incorruptible histoire,
Ce juge souverain des vrais titres de gloire.
Garde de tes exploits l'immortel souvenir !
Poursuis dans l'univers ta course commencée...
Que ta splendeur ancienne un jour soit éclipsée

Par les gloires de l'avenir !

8

De quelle nation n'es-tu pas la rivale?

Si ton armée est moindre et ta force inégale.

Les plus mâles vertus t'assignent ce haut rang.

Un peuple comme un homme est jugé sur son âme ;

Et quand cette âme est grande et que l'honneur l'enflamme.

    Ce peuple peut se dire grand !

Plus rapides encor que l'aigle des montagnes,

Lorsque, cherchant sa proie, il fond sur tes campagnes.

Tes valeureux enfants s'élancent aux combats.

N'est-ce pas des aînés de cette forte race,

Dont tes sombres glaciers ont conservé la trace.

    Que se recrutent tes soldats?

Mais la foudre sillonne une plage lointaine !...

Des deux drapeaux unis, dans la sanglante plaine,

Au souffle des combats flottent les trois couleurs.

Guerriers de l'Occident, victoire à votre armée !

Traktir, nom glorieux, auguste renommée

    Que se partagent les vainqueurs !

Mobile dans ses vœux, de nouveautés éprise.

Adorant des autels que bientôt elle brise

Ou relevant demain ce qu'elle a renversé,

Telle une nation nous apparaît semblable

Au désert embrasé, quand, sur la mer de sable,

    Mugit le simoun courroucé.

Repoussant les leçons de ces tribuns perfides,

Qui des peuples séduits ne deviennent les guides

Que pour en consommer le rapide déclin.

Toi, par de vains discours au lieu d'être égarée,

Tu gardas à tes rois la promesse jurée

    Et laissas ton sort dans leur main.

Des peuples et des rois éternelle concorde.

Le plus grand des bienfaits que le ciel leur accorde

Qui rend les rois puissants, les peuples respectés !

Tandis que pour les tiens tu montrais ta constance,

Eux t'offraient en retour, dans leur munificence,

    Tes gloires et tes libertés !

Non, cette liberté que le désordre enfante,

Qui répand sur ses pas le sang et l'épouvante,

Qu'une horde en fureur porte sur le pavois,

Qui brandit dans sa main la torche incendiaire,

Et qui, dans les accès d'une aveugle colère,

      Brise les sceptres et les lois !

Mais cette liberté féconde et pacifique,

Sous l'éclat glorieux d'une couronne antique

Pouvant grandir un peuple et non le dévorer ;

Liberté qui, des lois sûre dépositaire,

Puise sa force même en ce respect austère

      Dont elle sait les entourer !

C'est toi, Charles-Albert, magnanime monarque,

Qui, voulant à ton peuple assurer une marque

De l'amour que pour lui ton âme nourrissait,

Retranchas une part de ton pouvoir suprême

Et la lui confias, te grandissant toi-même

      De tout le prix d'un tel bienfait !

Toi, l'égal de ce roi, la gloire de la France,

Dont autrefois Bayard consacra la vaillance,

Toi, du monde vieilli dernier roi chevalier,

Qui, nouveau Charles-Quint, descendis de ton trône

Pour aller à Celui devant qui la couronne

S'incline sans s'humilier !

III

III

Salut, race royale, ô maison de Savoie !

Qui, comme un chêne antique avec orgueil déploie

La force et la splendeur de ses puissants rameaux,

Nous montres de vingt rois la grandeur imposante

Et nous fais admirer que la nature enfante

    Pour un peuple tant de héros !

4

Tes illustres aïeux, dans leur suite immortelle,
Te proposaient, ô Roi ! plus d'un noble modèle
Sur qui pour être grand tu pouvais te régler,
Mais d'une œuvre sublime admirateur sincère,
Ton âme t'entraîna vers ton glorieux père,

  Et tu voulus lui ressembler.

Tes mains avec respect reçurent l'héritage,
Où, vivant, il léguait à ton jeune courage
Et le bonheur du peuple à ton sceptre soumis,
Et le prochain réveil de cette race ancienne,
Que le fer et l'exil ne contiennent qu'à peine

  Sous le joug de ses ennemis !

Un monarque créé digne du rang suprême,
Sachant de ses vertus orner le diadème,
Connaît-il du génie un plus utile emploi,
Que d'en faire servir la magique puissance
A rendre heureux et libre, au sein de l'abondance,

  Le peuple placé sous sa loi ?

Le tien, dans les décrets de ta grandeur royale,

D'une prospérité qui n'eut jamais d'égale

N'a-t-il pas rencontré l'essor inattendu?

Il accourt sur tes pas faire éclater sa joie,

Et tu peux l'accepter, quand elle se déploie,

    Comme un hommage qui t'est dû.

Quelle gloire à celui qui porte une couronne

Que ces chants d'allégresse où tout un peuple donne,

D'une commune voix, son cœur au souverain!

Ah! ces transports sortis d'une libre poitrine

Valent bien les terreurs d'un sujet qui s'incline

    Sous le poids d'un sceptre d'airain!

Au feu de tes regards éclosent des merveilles.

Ces immenses travaux que, debout, tu surveilles,

De l'éclat de ton règne aux siècles parleront.

Les Alpes vainement pour rester indomptées

Portaient aux régions par Dieu seul habitées

    L'éternel orgueil de leur front!

Contre ta volonté se brise leur puissance ;

De leurs flancs de granit la fière résistance

N'est qu'un fragile obstacle à tes desseins offert ;

Et du brûlant Piémont à la froide Savoie

Bientôt s'élancera, par une large voie,

    La vapeur sur son char de fer.

La mer en frémissant verra sur ses rivages,

Au milieu de ses flots qu'ameutent les orages,

A tes vaisseaux s'ouvrir un port sûr et profond,

Et, contre tes projets follement courroucée,

S'accomplir par tes mains cette vaste pensée.

    Beau rêve de Napoléon !

Formidable cité, loyale Alexandrie,

Effroi de l'étranger, rempart de la patrie,

De tes murs quelle armée eût osé s'approcher ?

Quel torrent à leur pied n'eût épuisé sa rage,

De même que l'on voit se briser au rivage

    La vague contre le rocher ?

N'était-ce point assez de rester invincible?

Fallait-il augmenter cet appareil terrible

Qui sans tache gardait l'honneur de tes remparts?

D'où viennent ces travaux, ces tours amoncelées,

Ces bastions puissants, ces portes crénelées,

    Qui s'élèvent de toutes parts?

Sont-ce là les apprêts d'une sanglante fête?

Des présages certains annoncent la tempête

Avant que sa fureur n'éclate dans les airs :

Ces signes seraient-ils précurseurs d'un orage,

Et du flanc de tes murs, ainsi que d'un nuage,

    Va-t-il s'échapper des éclairs?

O Roi, de tes desseins qui peut douter encore?

Quel peuple ou quel monarque aujourd'hui les ignore?

Ils sont en traits de feu sur ces remparts écrits!

Au gré de tes désirs, ou contre ton attente,

La cité dont tu fis ta noble confidente

    Les a-t-elle à nos yeux trahis?

Que ton cœur généreux les garde et les féconde !

Sur le cours de ton règne ils appellent du monde

Les regards animés ou de haine ou d'amour ;

Et nations et rois attendent en silence,

Tour à tour agités de crainte et d'espérance,

    Que se lève enfin le grand jour !

Oh ! des peuples souffrants la cause est juste et sainte !

Quand sur le front des rois Dieu laissa son empreinte,

Qu'il leur communiqua sa suprême grandeur,

Ce fut pour qu'imitant sa justice éternelle,

Leur main sût relever et venger la querelle

    Du faible contre l'oppresseur !

Pour cette mission, des grands rois le partage,

De quelle vive ardeur s'enflamme ton courage.

Ton cœur à son triomphe est voué tout entier ;

Ni plaisirs, ni labeurs ne peuvent t'en distraire,

Et ce but est pour toi comme le feu polaire

    Qui dirige le nautonnier.

Les yeux toujours fixés par delà tes frontières,

Du peuple infortuné que des lois meurtrières

Retiennent opprimé sous d'insolents vainqueurs,

Tu comptes les tourments, les larmes, les blessures,

Afin qu'on puisse un jour de toutes leurs injures

Demander compte aux oppresseurs !

Que tu voudrais hâter le jour de la vengeance !

Car, écho bienfaisant, sitôt qu'une souffrance

A ce malheureux peuple arrache un long soupir,

Ton cœur saigne, il se fend, de douleur il tressaille,

Et tu rêves alors canons, soldats, bataille,

Prêt à devancer l'avenir !

Bientôt sur l'univers ce jour va-t-il éclore ?

Dieu seul voit le moment où naîtra son aurore ;

Mais quand La Marmora, général inspiré,

Faisait sous tes drapeaux accourir la Victoire,

A l'aiguille du temps on aperçut la Gloire

Avançant le jour désiré !

Sous les dehors trompeurs d'un habile langage,

D'un rusé politique industrieux ouvrage,

Ton généreux espoir ne se déguise point.

Seuls les desseins pervers redoutent la lumière!

Qui combat pour le droit entre dans la carrière

Le front haut et la lance au poing!

Cavour, dans les conseils de l'Europe assemblée,

Au nom de l'Italie, esclave et désolée,

Devant les oppresseurs vient élever la voix.

Quelle fierté sublime éclaire son visage,

Quand il laisse tomber comme un sombre présage

L'enseignement qu'il donne aux rois!

Rejetant loin de toi de vulgaires alarmes,

N'as-tu pas résolu de demander aux armes,

Pour des droits violés, les succès les plus beaux?

Rassemble tes soldats et ceins ta noble épée,

Qui, jadis dans le sang par ta valeur trempée,

S'indigne contre le repos!

Marche ! Dieu te soutient, car c'est lui qui t'inspire ;
Avec tes grands desseins sa volonté conspire ;
Il t'offre de son bras l'invincible secours ;
Par un choix glorieux, armé de sa colère,
Du règne des tyrans, jusqu'à ce jour prospère,
    Tu vas enfin borner le cours !

Italie ! Italie ! un grand siècle se lève !
Et la vague azurée, en caressant ta grève,
Jette dans son murmure un chant de liberté !
Elle en fait retentir l'écho de tes montagnes ;
Dans les accords divins dont vibrent tes campagnes
    Ce mot sublime est répété !

Du rang des nations on t'a vue effacée,
Toi qui tenais la terre autrefois enlacée
Dans les liens étroits d'un pouvoir absolu.
D'un rayon retrouvé de ta gloire immortelle
Déjà sur l'horizon ton étoile étincelle...
    De tes maux Dieu s'est souvenu !

Toi qui fus pour les arts une mère féconde,

Et qui fis si longtemps resplendir sur le monde

Le vif et pur éclat de leur divinité,

Tu verras refleurir leur couronne flétrie,

Car tu vas rallumer le flambeau du génie

    Au flambeau de la liberté!

IV

I V

De quel effroi soudain mon âme frémit-elle?
Elle veut s'envoler. En déployant son aile
Vers quels lieux inconnus va-t-elle m'emporter?
Sur le front orageux du Carmel solitaire,...
Ici, plus près du ciel, déjà loin de la terre,
    Que faut-il, prier ou chanter?

Ai-je encor sous mes doigts la lyre des poëtes?

C'est ici que ce ciel inspira les prophètes.

Attendrai-je que Dieu m'annonce l'avenir,

Qu'il fasse devant moi se lever une étoile,

Et qu'à mes yeux mortels il déchire le voile

  Des temps qui doivent s'accomplir?

Ma lèvre avec ardeur murmure une prière,

J'incline avec respect mon front dans la poussière

Devant le Dieu puissant qu'adorent les humains.

L'avenir! l'avenir devant moi se déploie!

Seigneur, m'inspirez-vous? O maison de Savoie

  Quelle grandeur ont tes destins!

Je vois, comme les flots de la mer agitée,

Se répandre en tous lieux une foule ameutée;

De novices soldats forment des bataillons;

Ils marchent comme au ciel vole un nuage sombre;

Leurs rangs sont plus épais que les épis sans nombre

  Qui l'été dorent nos sillons...

Un peuple s'est levé contre la tyrannie.

Du sol italien sera-t-elle bannie?

Un prince généreux amène ses guerriers :

Une noble auréole environne sa tête,

Son courage le pousse au fort de la tempête,

    Sa main moissonne des lauriers.

Des chants font retentir l'immense basilique

Et monter vers le ciel l'allégresse publique.

Un pontife couronne un monarque à genoux.

Dieu l'avait ordonné. Son œuvre est accomplie.

Salut, Emmanuel! salut, Roi d'Italie!

    Glorieux Roi, relevez-vous!

FIN

PARIS. — IMPRIMERIE DE J. CLAYE, RUE SAINT-BENOIT, 7.